石川　透編

室町物語影印叢刊　29

虫の歌合

感して秋をしられ顔なる月の
ちらぬ人あらじ。されどくも
うけ引桜ふ色うつろふ人あれ
あらりなやむとしせむ縁も
世なまられぬ人なけさ
むく月さしのぼる遠寺や
といふもしかれおもてまかり
ふかしてといふるかつらの
うち絶てかくせらるおもかげ
かのふるとし。もと厳庭にあさ
ちゞとくれど。一の月をみ
えて偽り掃ひ過なきる

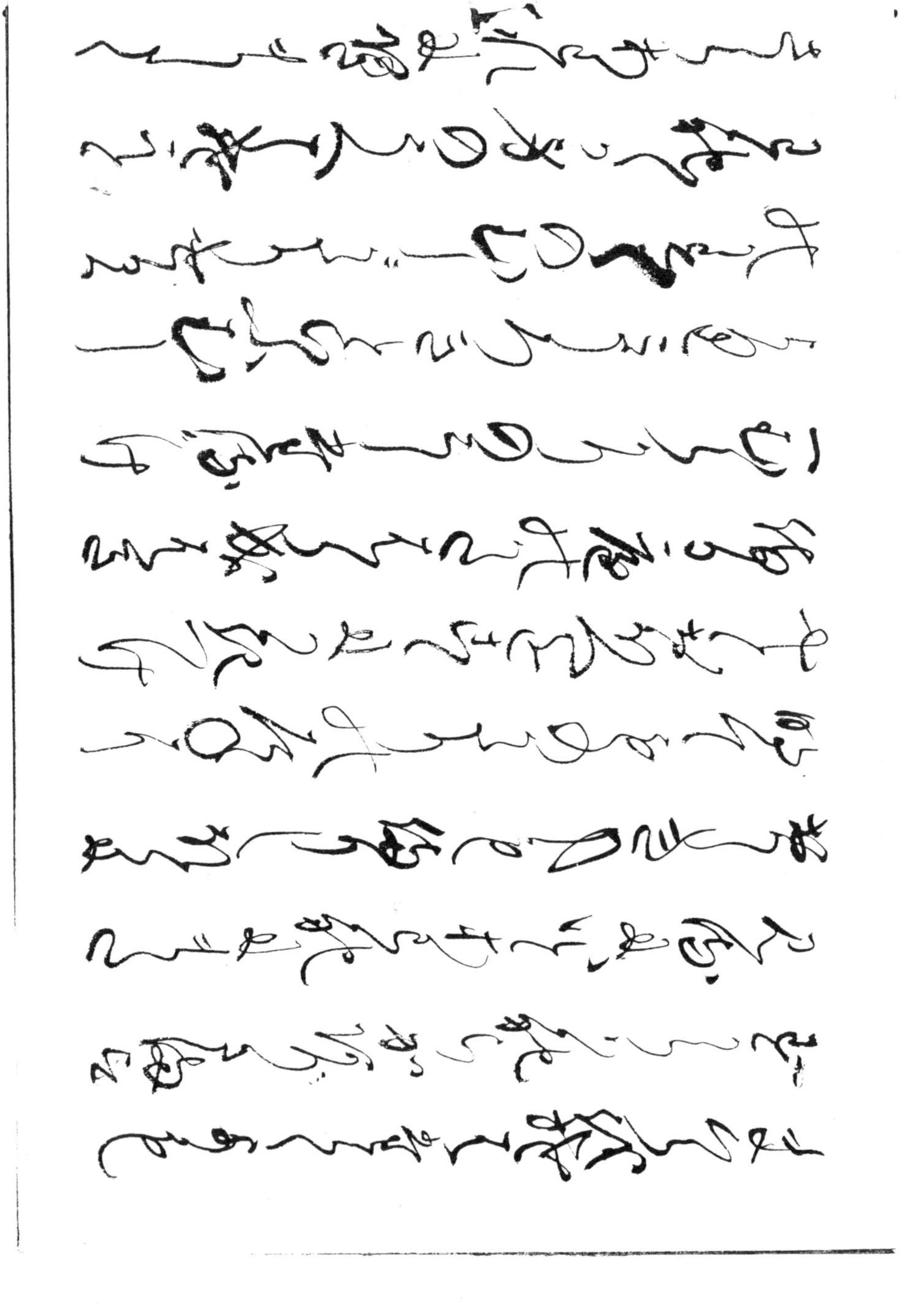

ありそてし[illegible]るめんくも
さし[illegible]とも見いて春色
夜さら待れてさもみすり
きまし[illegible]月の[illegible]
さら[illegible]経[illegible]くもちくさぬ
数の玉をあも[illegible]過ぬく
[illegible]もしきろ二月
此[illegible]八月此中のめらし名
月のさかりをれをえや
[illegible]も[illegible]もかぬし
[illegible]くにとふ[illegible]りし[illegible]け
もうえくまり[illegible]るや

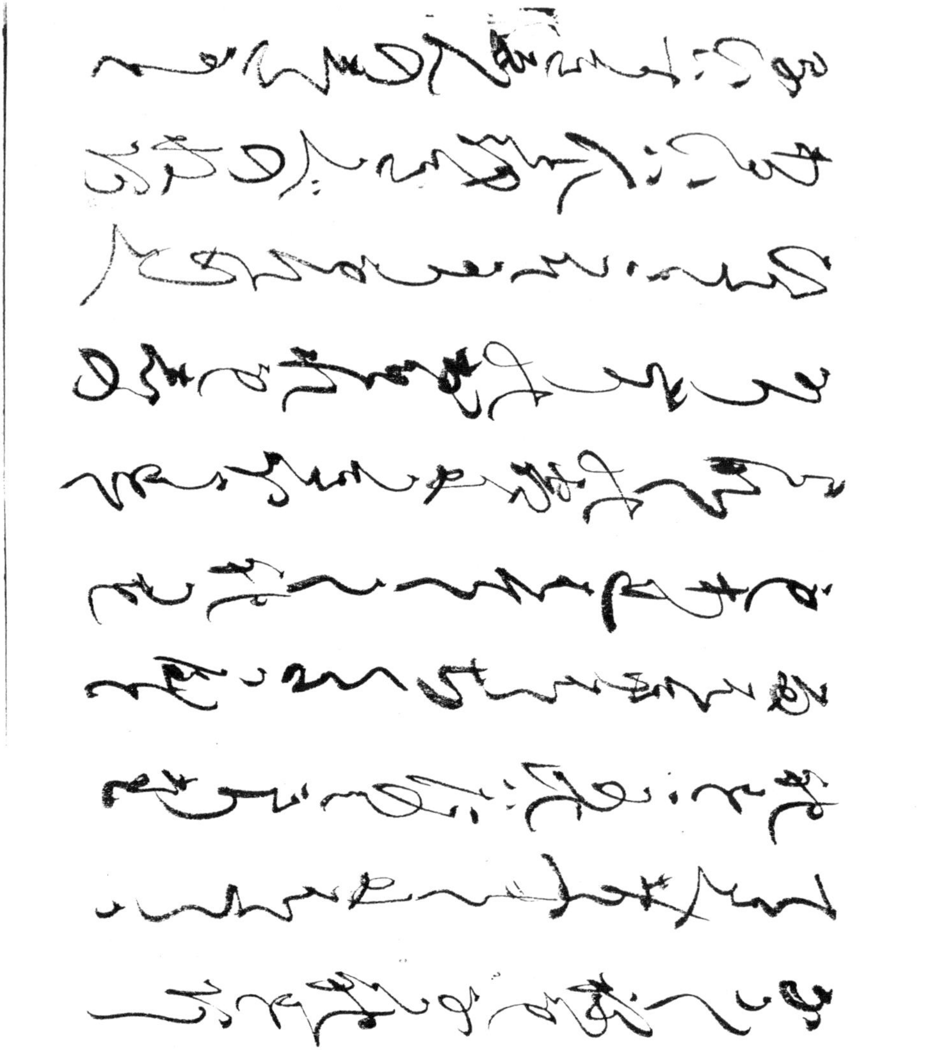

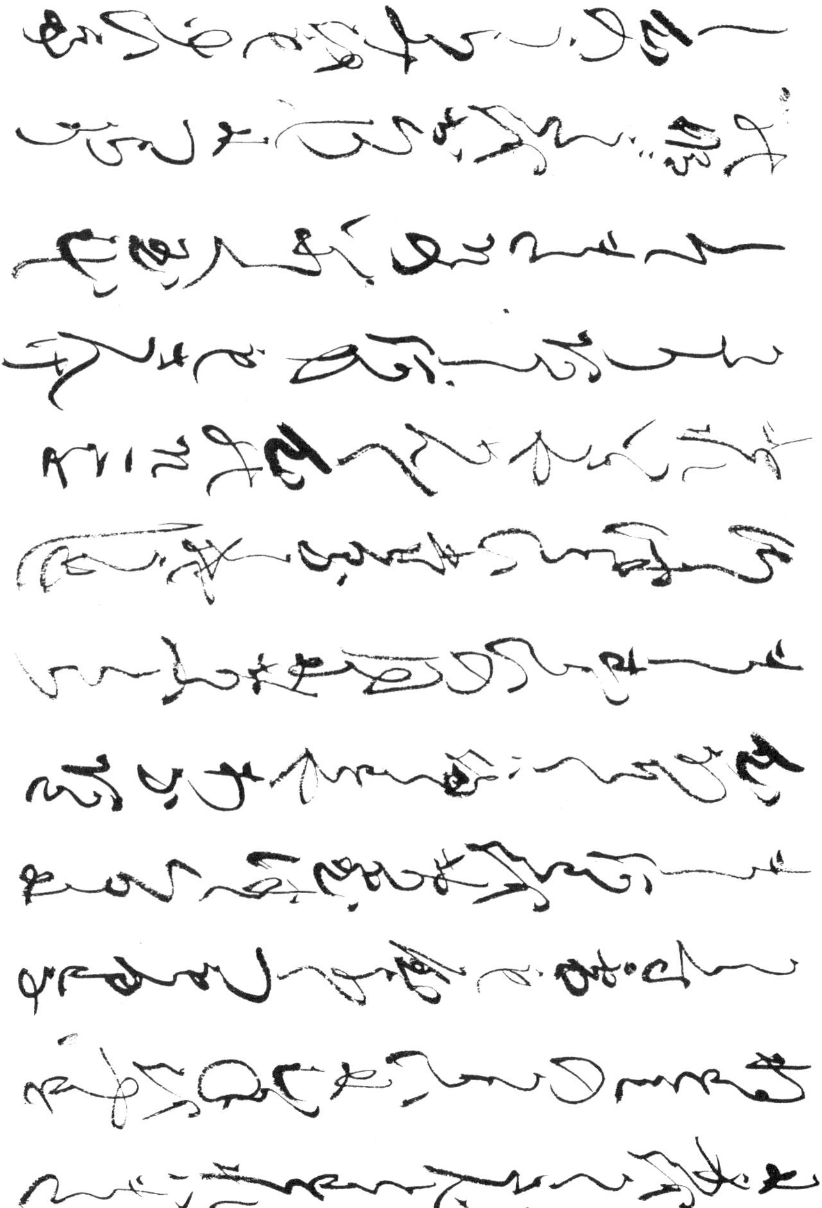

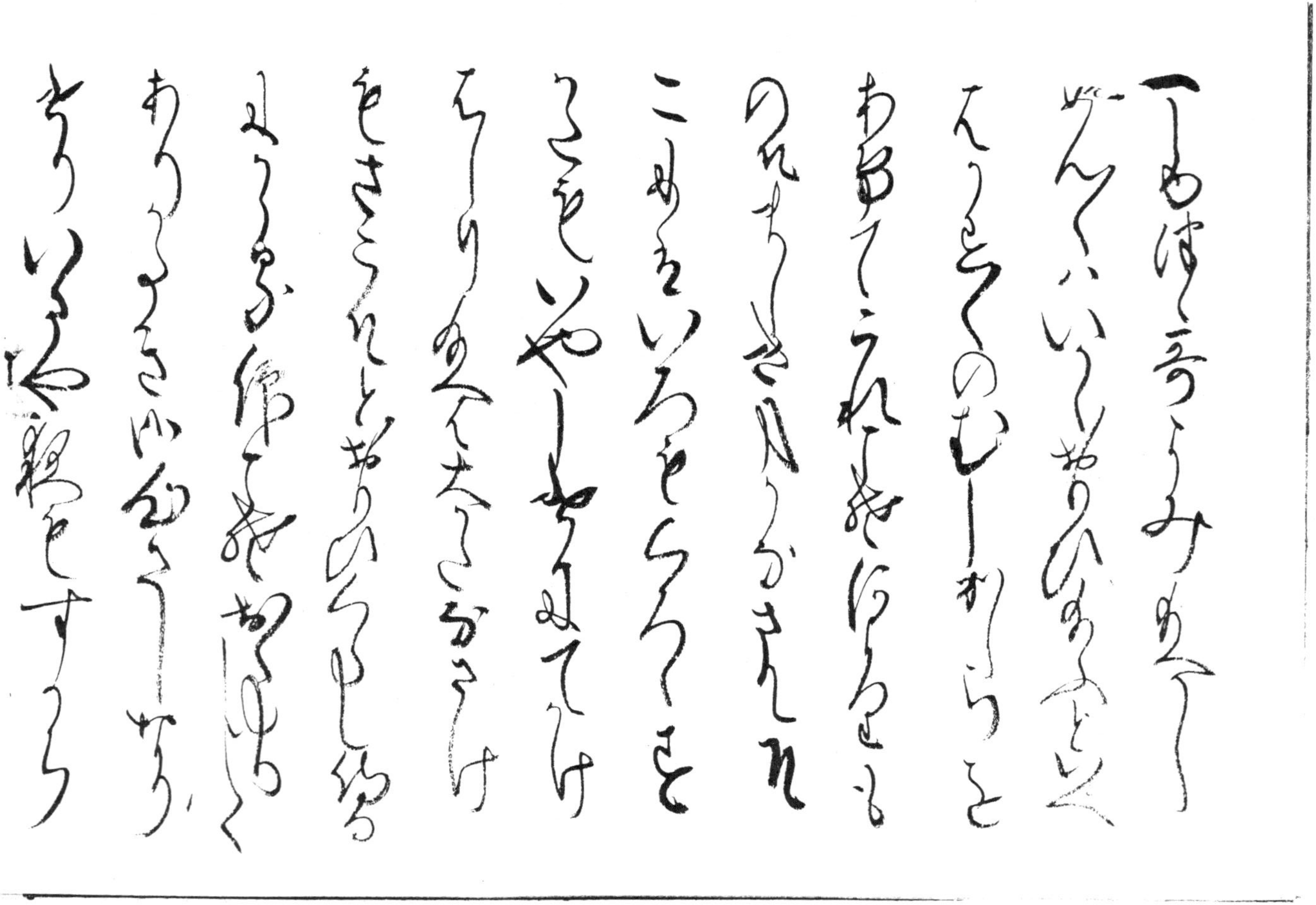

そむしと志のひてありつと
ちの代志かくれはり言の
らみ給ひんと奉ちりしなる
おらえぬへみさなれぬね
うとくのむしともわれし
いるゆゑりむきゝなる
ゆゑきおかんてつてよ
えんめてもちられ言ね三十ぬ
おくりとそものあひある
がらくはらちりむもし
へとらみやみうしてら
ちけなさるめんめへつと

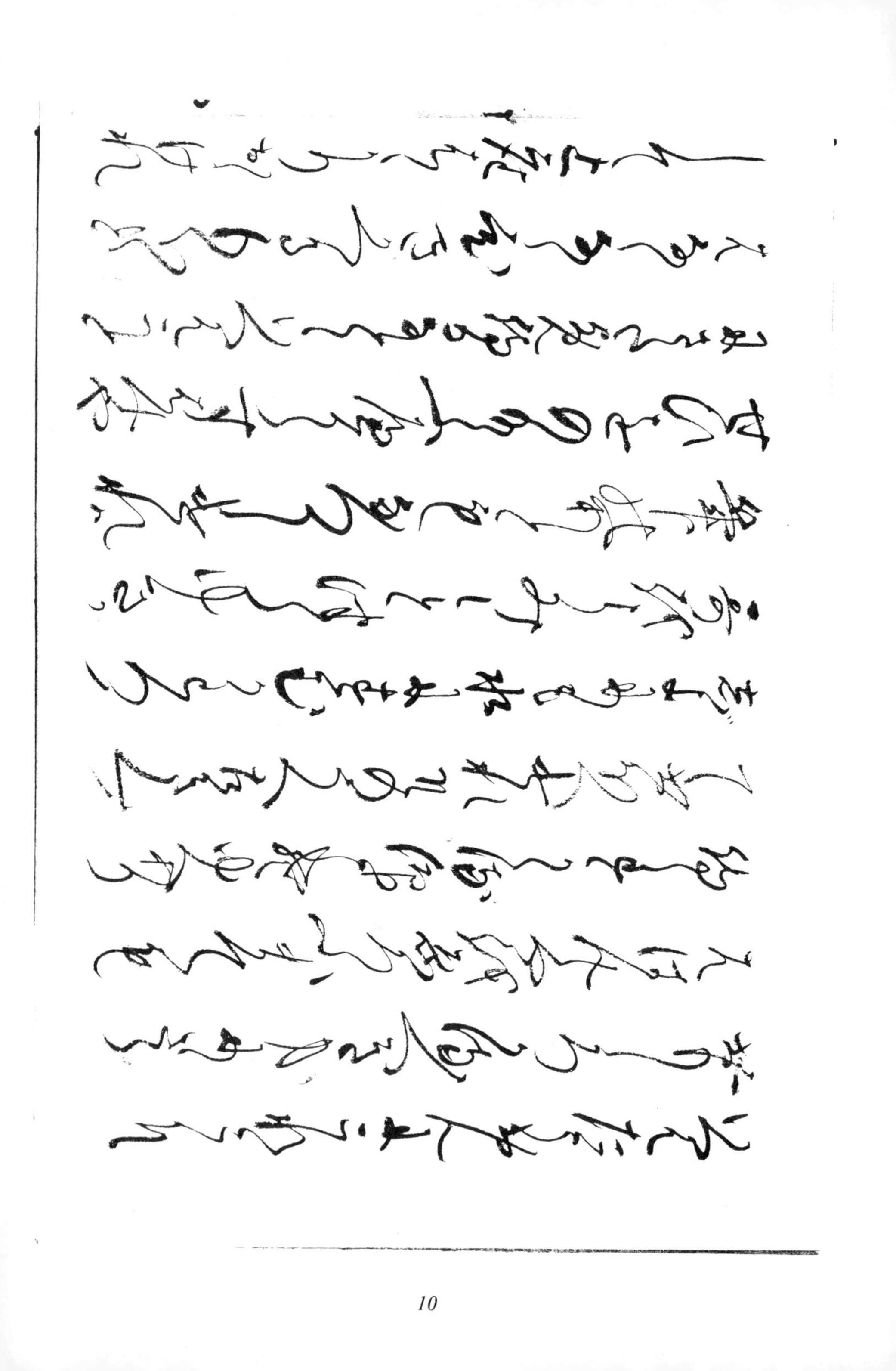

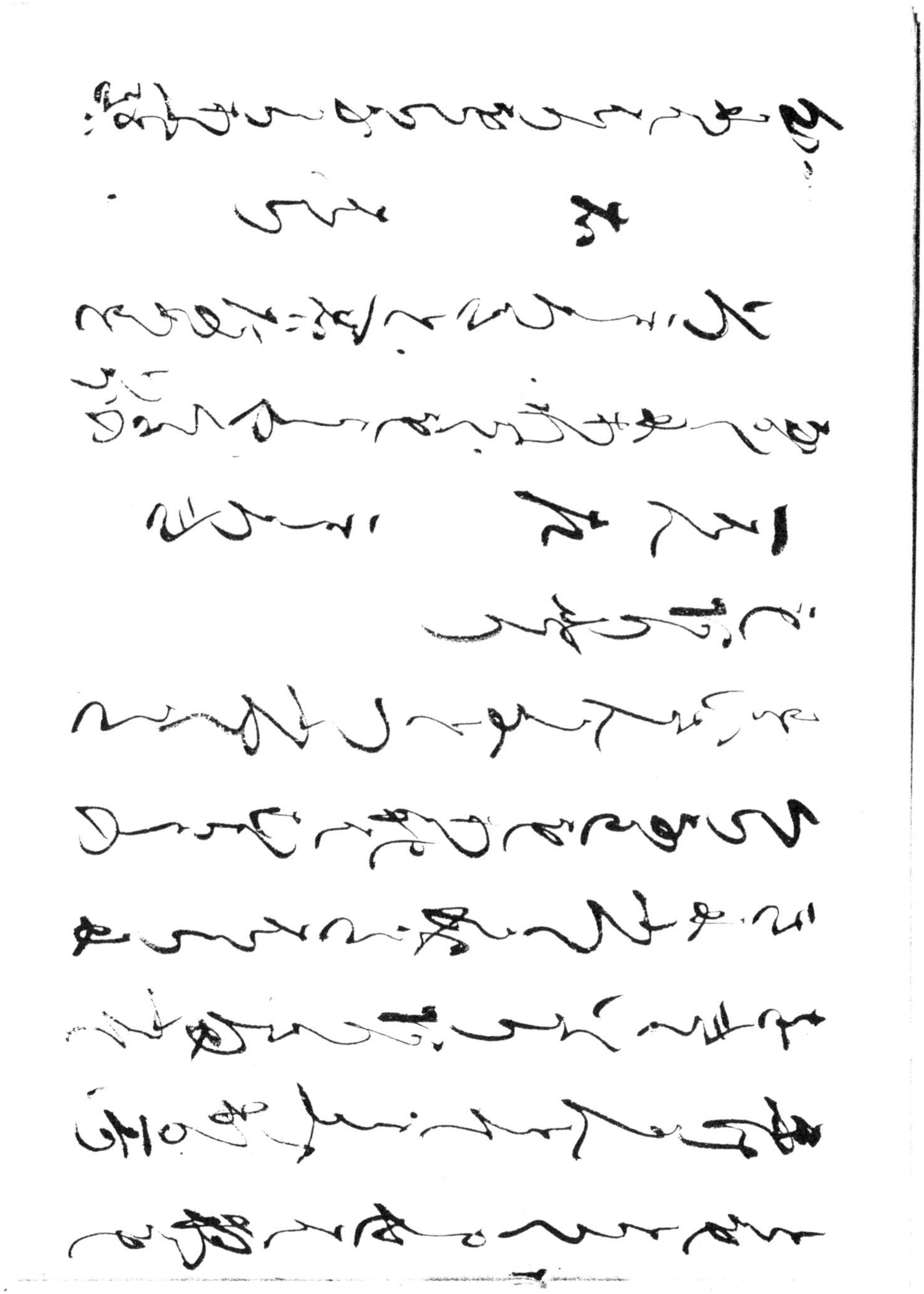

くらみころわすれこさ
たかきいろこしろきしつかれた
此兒ととけうた拍いうて
人をころみせしてれさくいおう
て御日太の音くらみころわる
てあとい参るかやうさやに
さてしは御なたれくらして
しし
こえん　左　まつし
つまある[illegible]
たなわと[illegible]
右　あり

なけかなと思ひしところの山
のすゑのまつそれいのちなし
たゝなけかしきをうしみけて
いのちまことにてもせんさ
るきこやい侍れと左の勝り
しはしといふことみ志れ
れるをねかひたるを
きゝ侍るたゝちひれ侍り
三番　左　よろしかり
ちらす日は中にも志らくもの
むもれはしともへたつらむ

右

すみひし

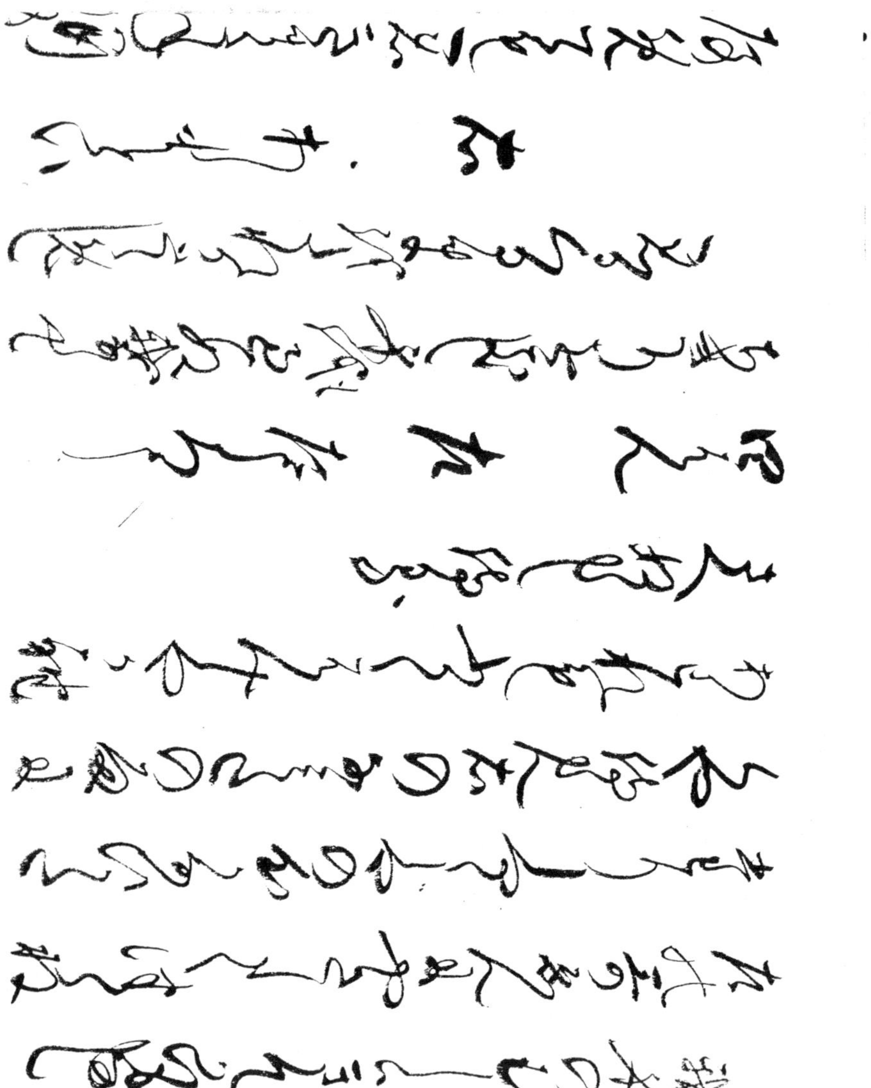

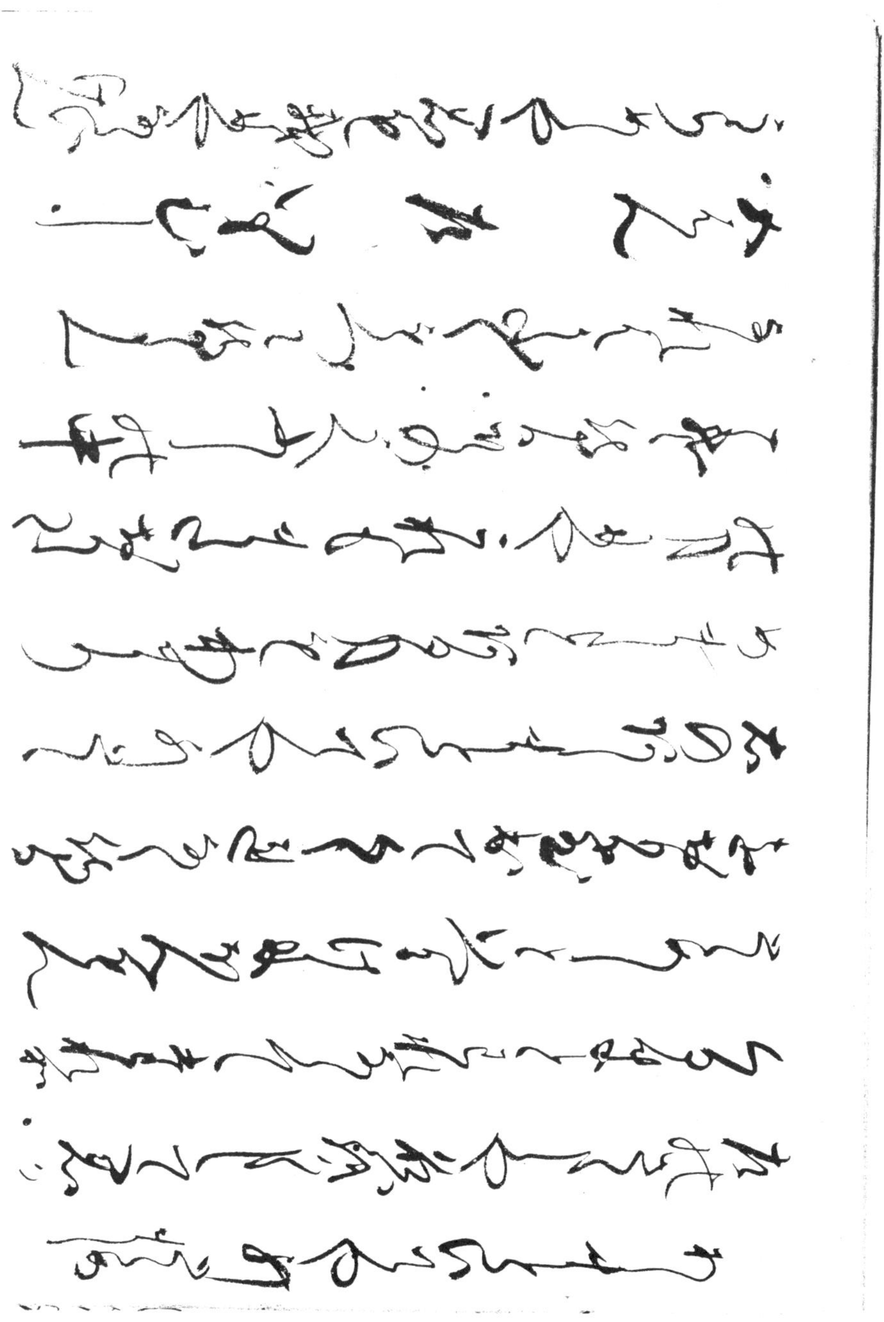

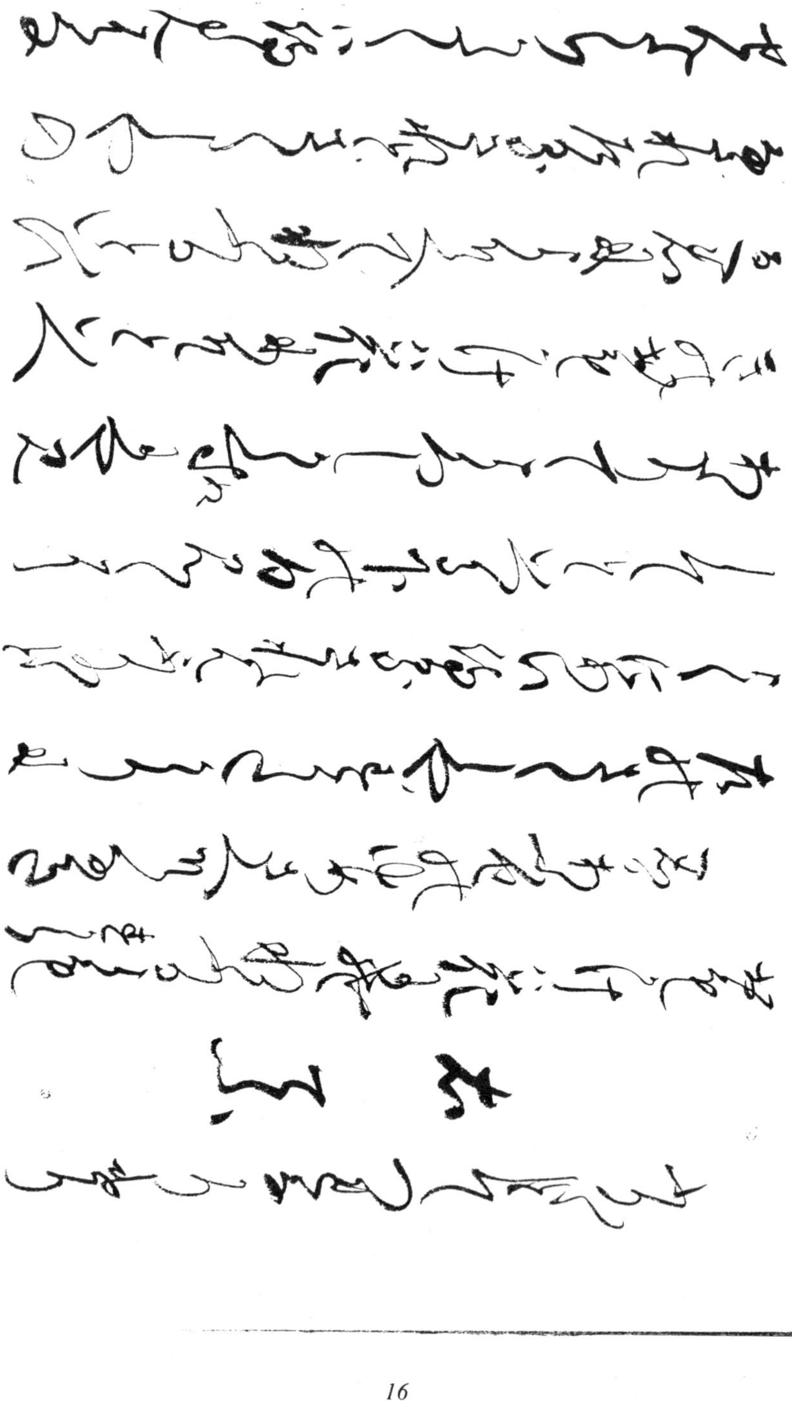

に縁あるといふ也ゆくられ
給ふこらりて要ゝけになかへ。
六ん。左　あふ
いつめん名れむらいかやうれ
さうてやまうけうめう
右　らうさい
教すてそのきつもくつさじ
さいらくからぬこみとしれこと
右は守や自みはゝきーゆーくの
いなしさうやめわりておつく
これ縁のたのこふさうはゝ。
や。ーめとしうさうれかえうさとも

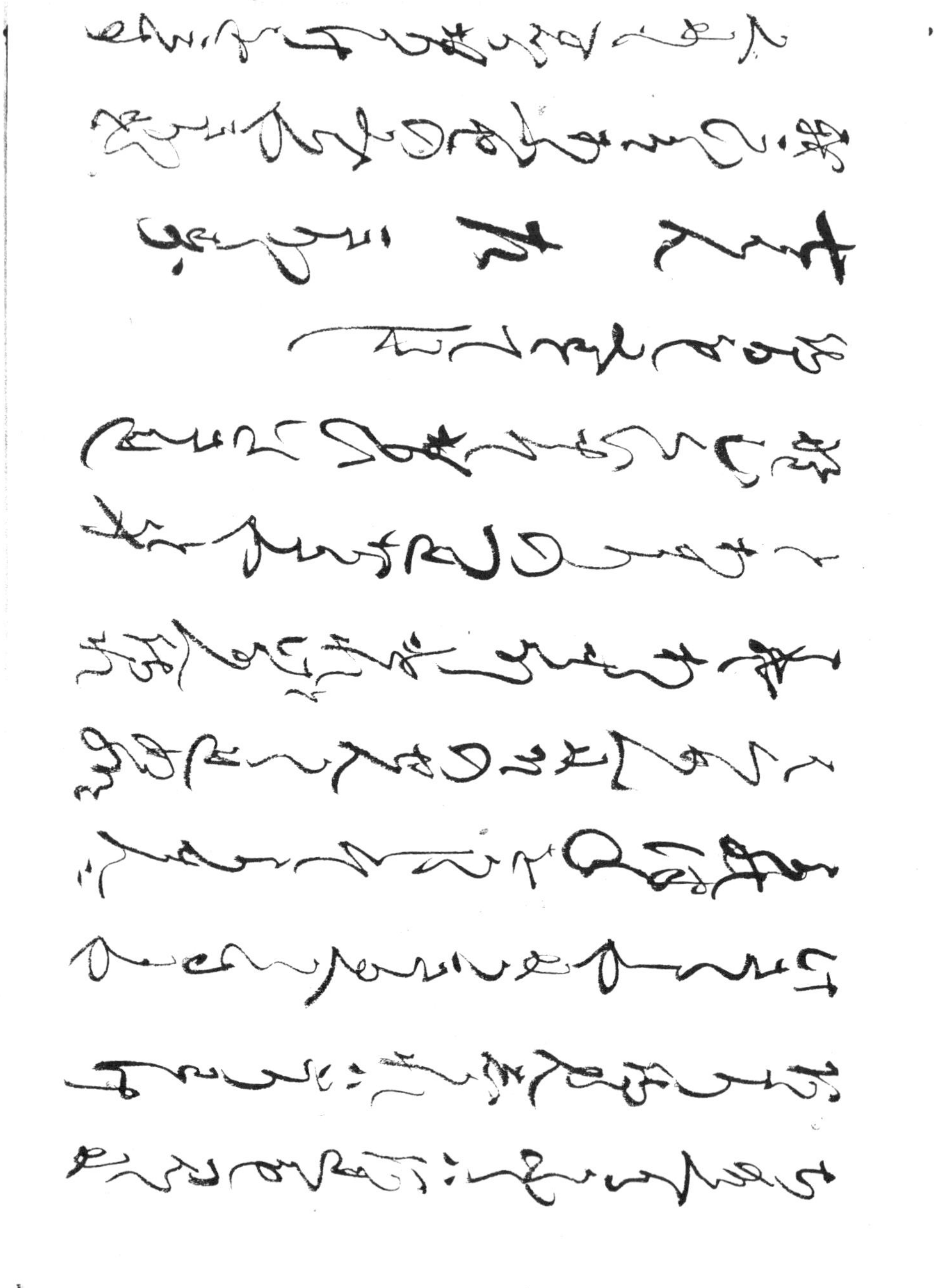

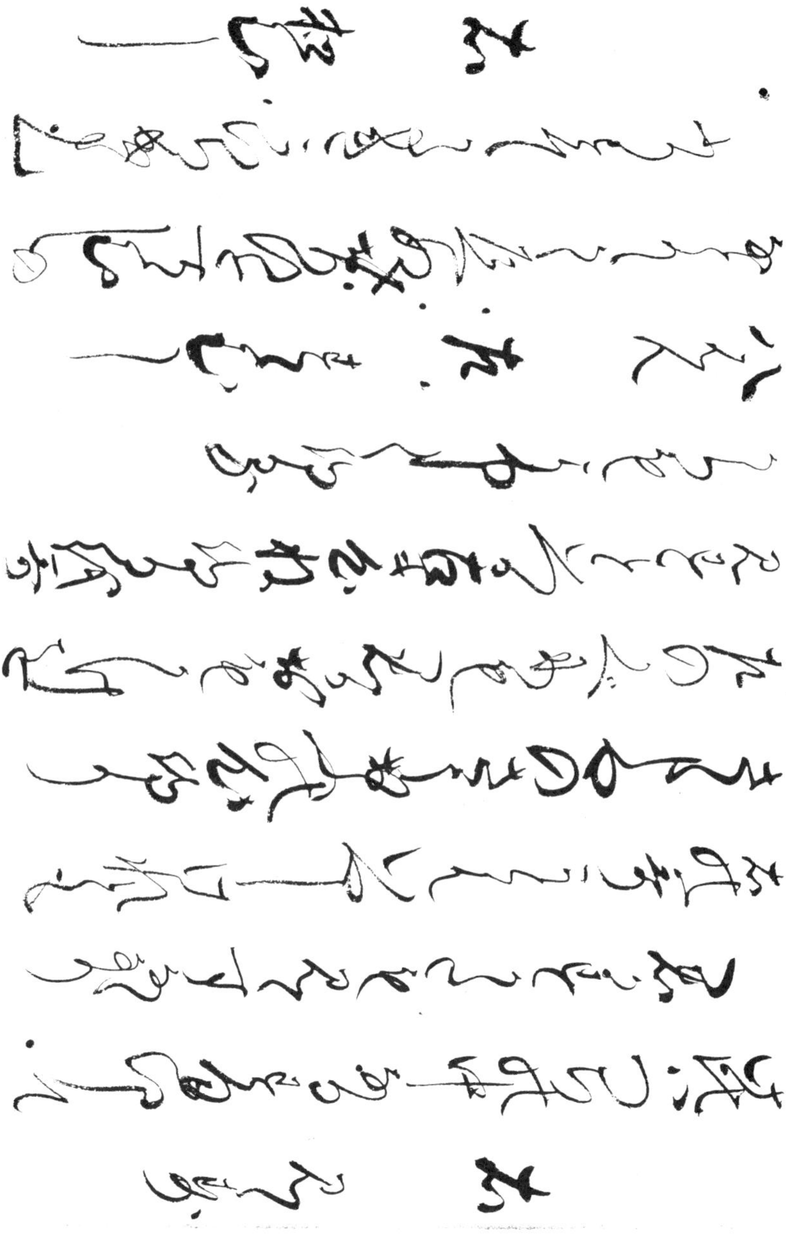

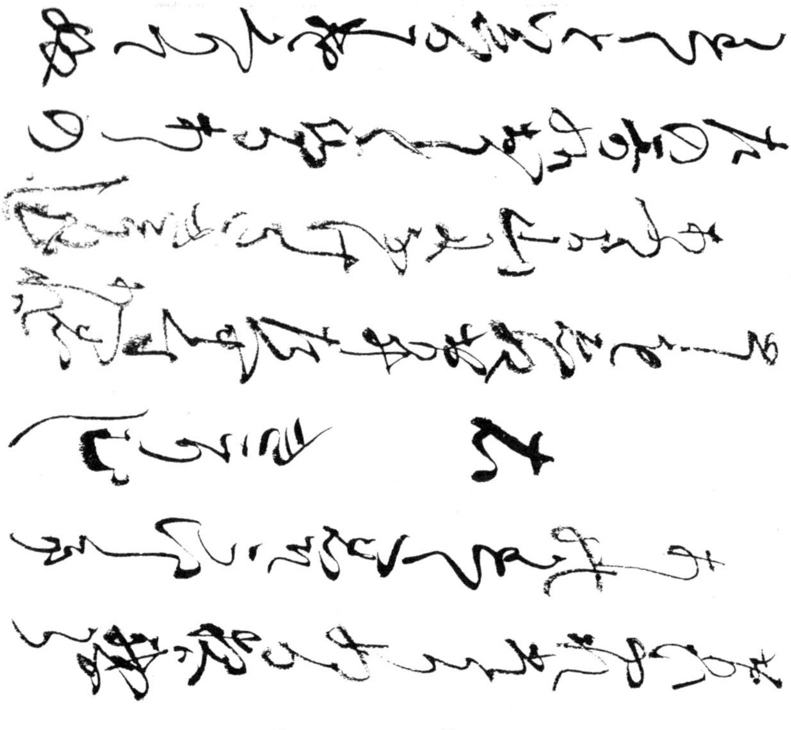

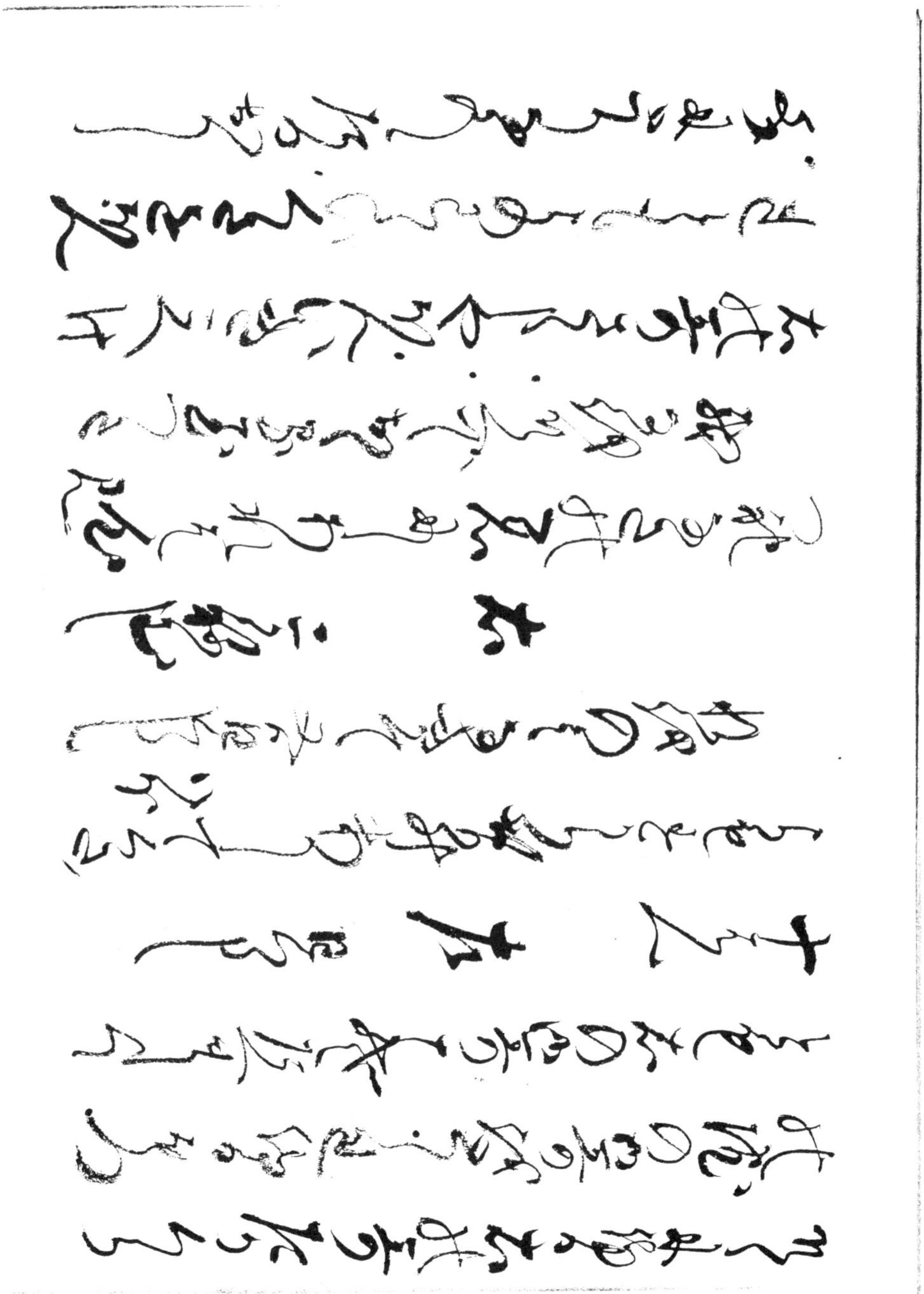

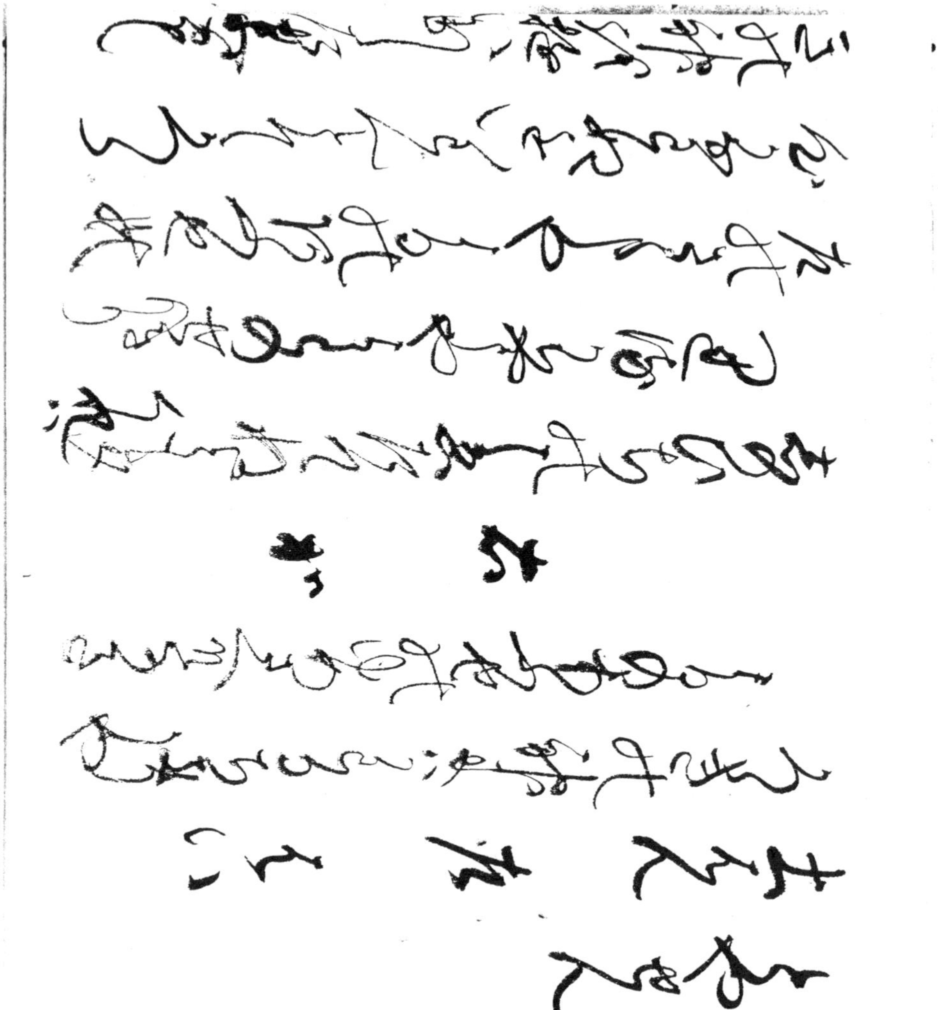

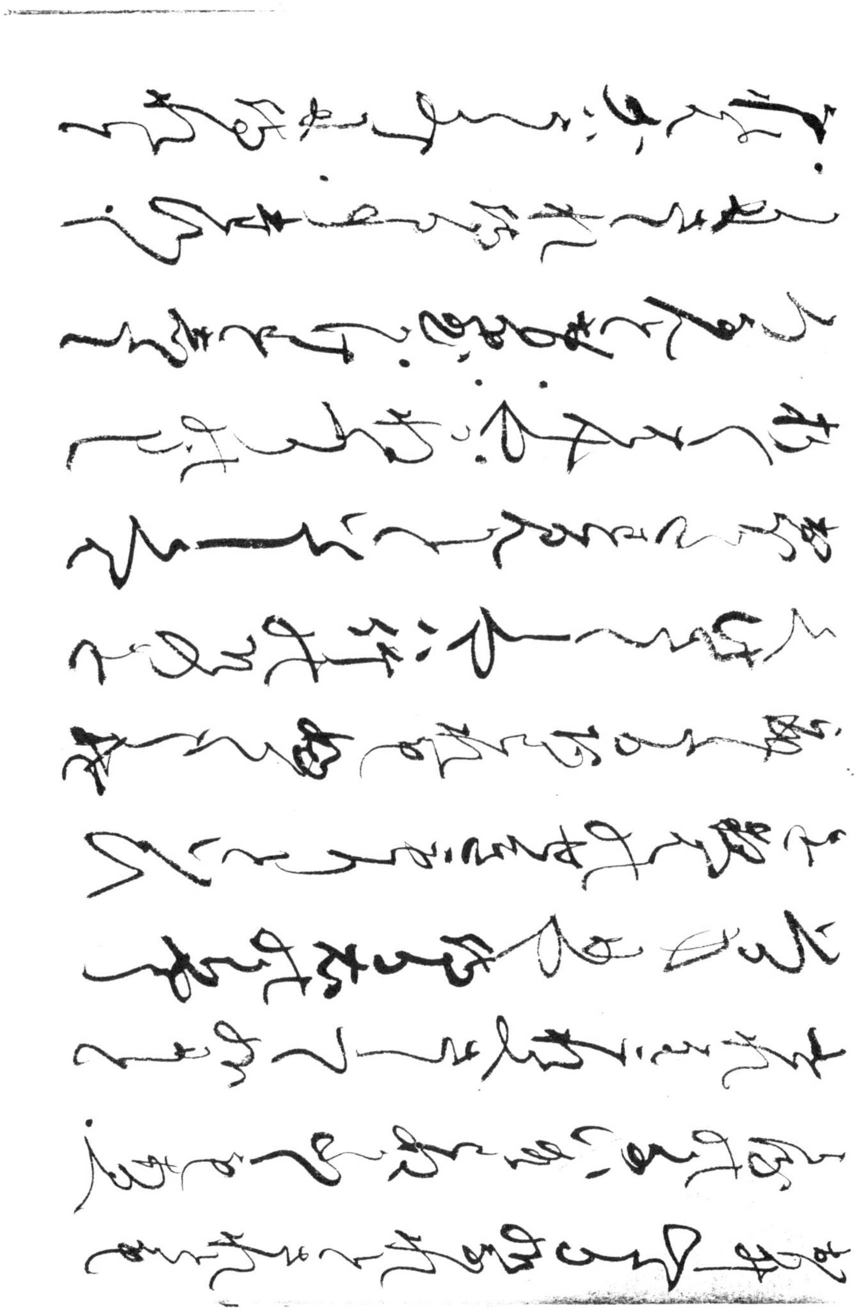

しかし一首の姿はなやかにうつく
しくいひ出されん難く
ゆゑ侭音色つきはまに入りよ
も然れ妙しくもかれたる所は
かく微すくなくやまゝりて侍り
右は毛すぢほどもかはらぬことを
のみいひて○ん心葉をそへつ
よしいとゝ侍るかのし
十二ばん　左　のこ
かゝみにはうつれりけれども
秋の月のあけくれはみえけむ
右　志つこ

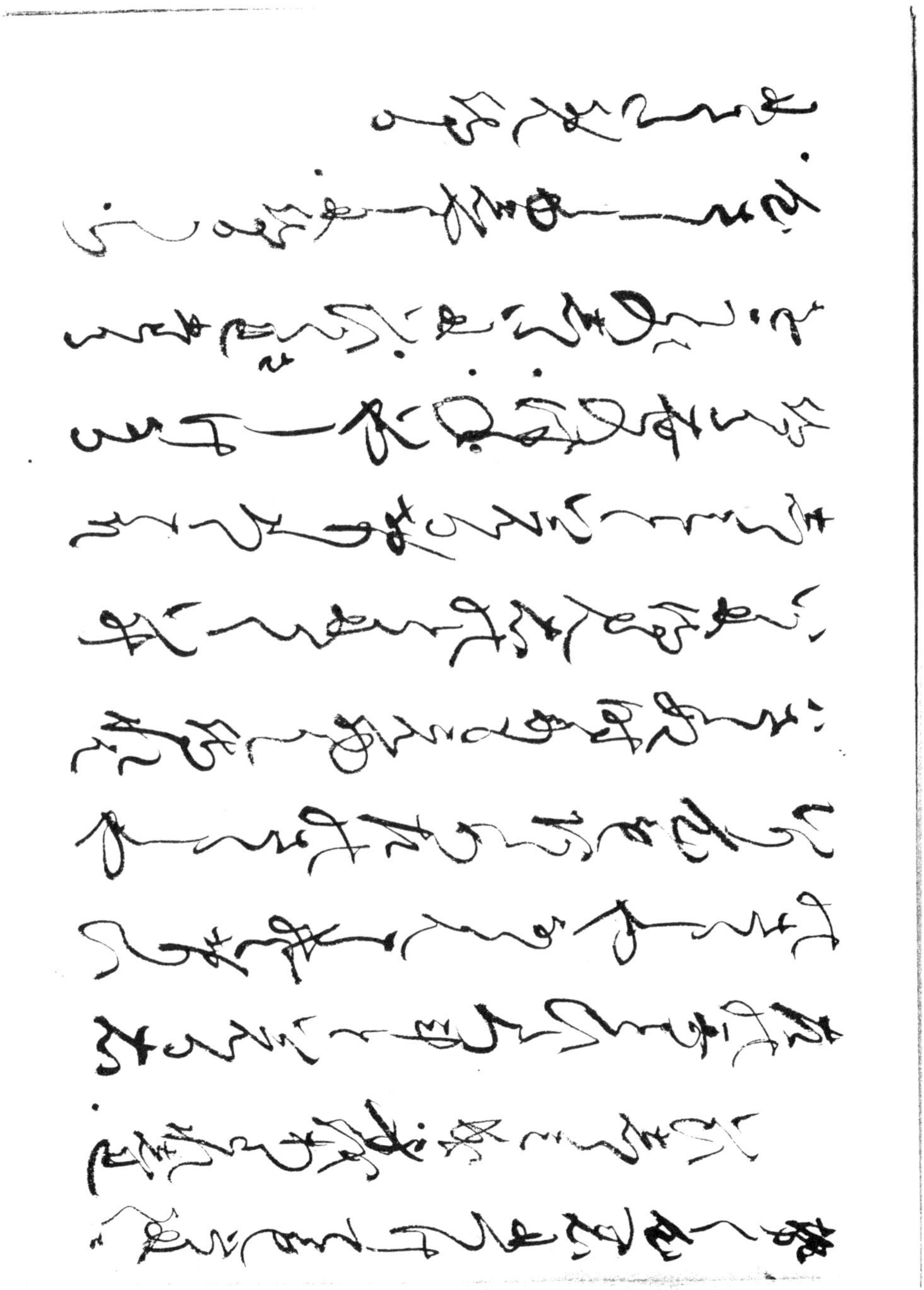

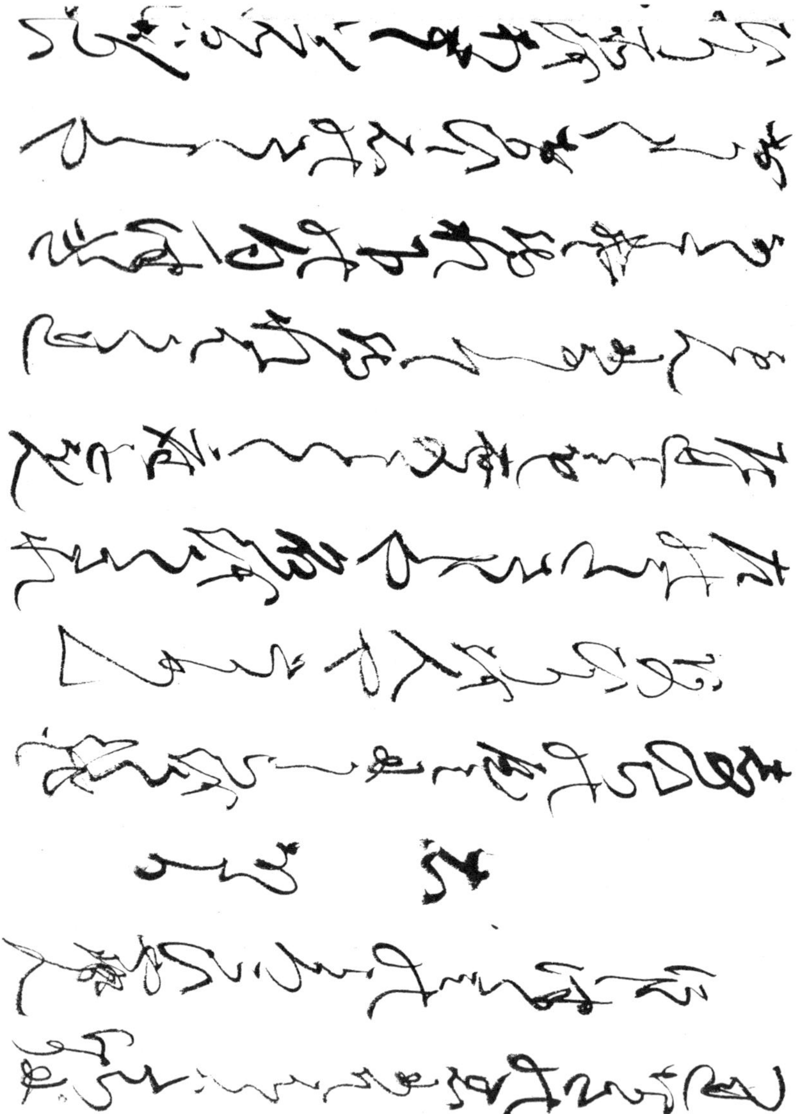

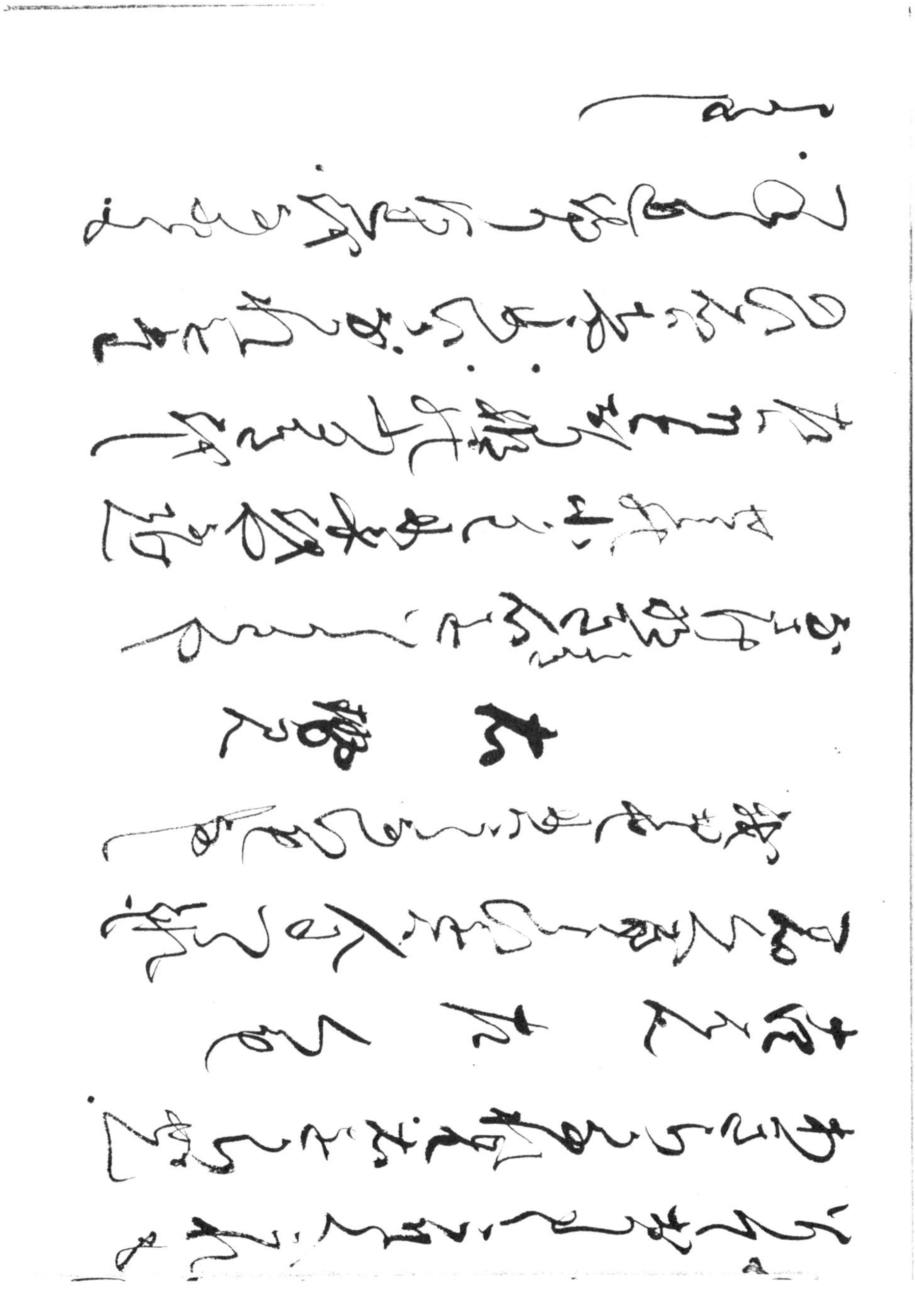

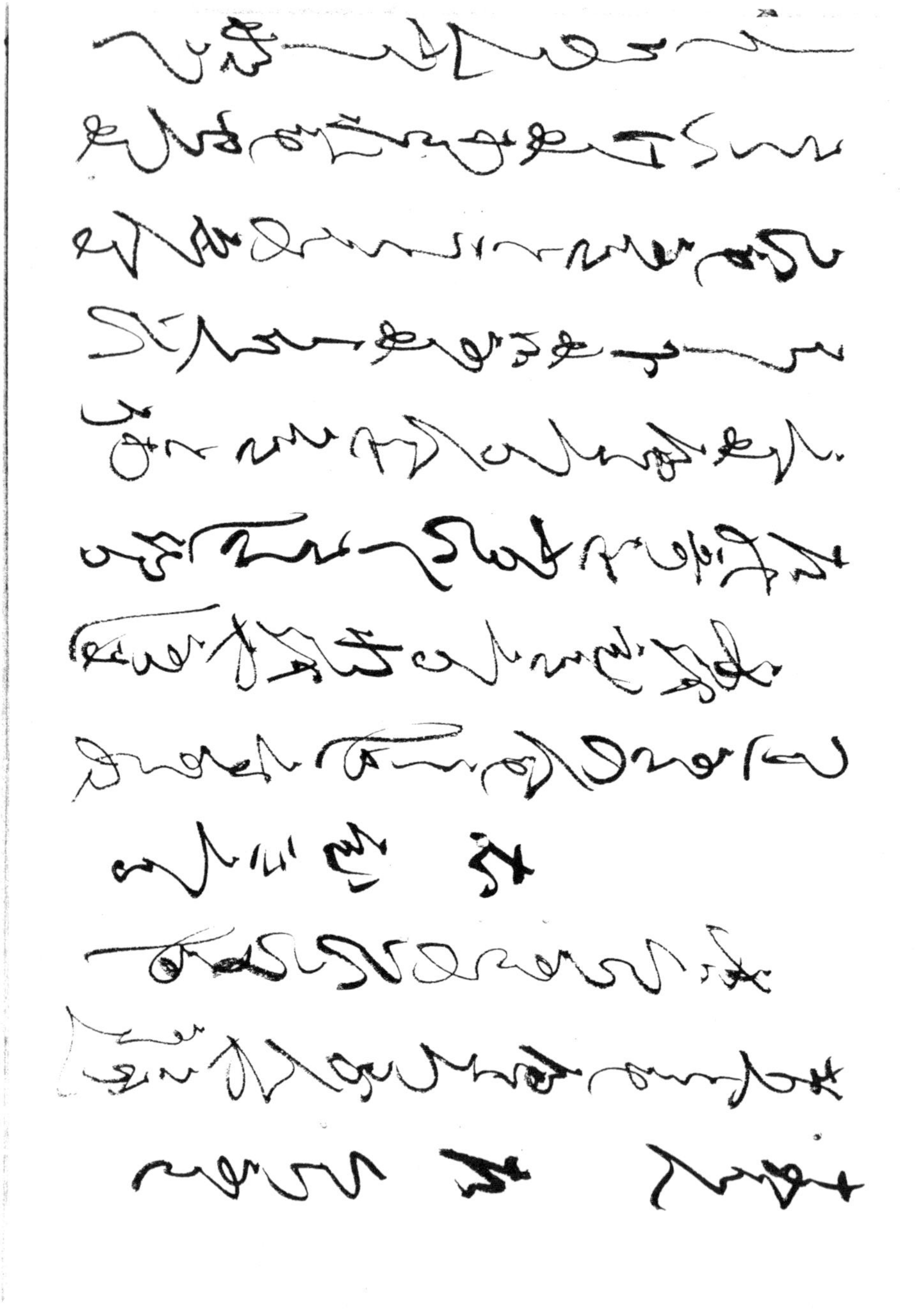

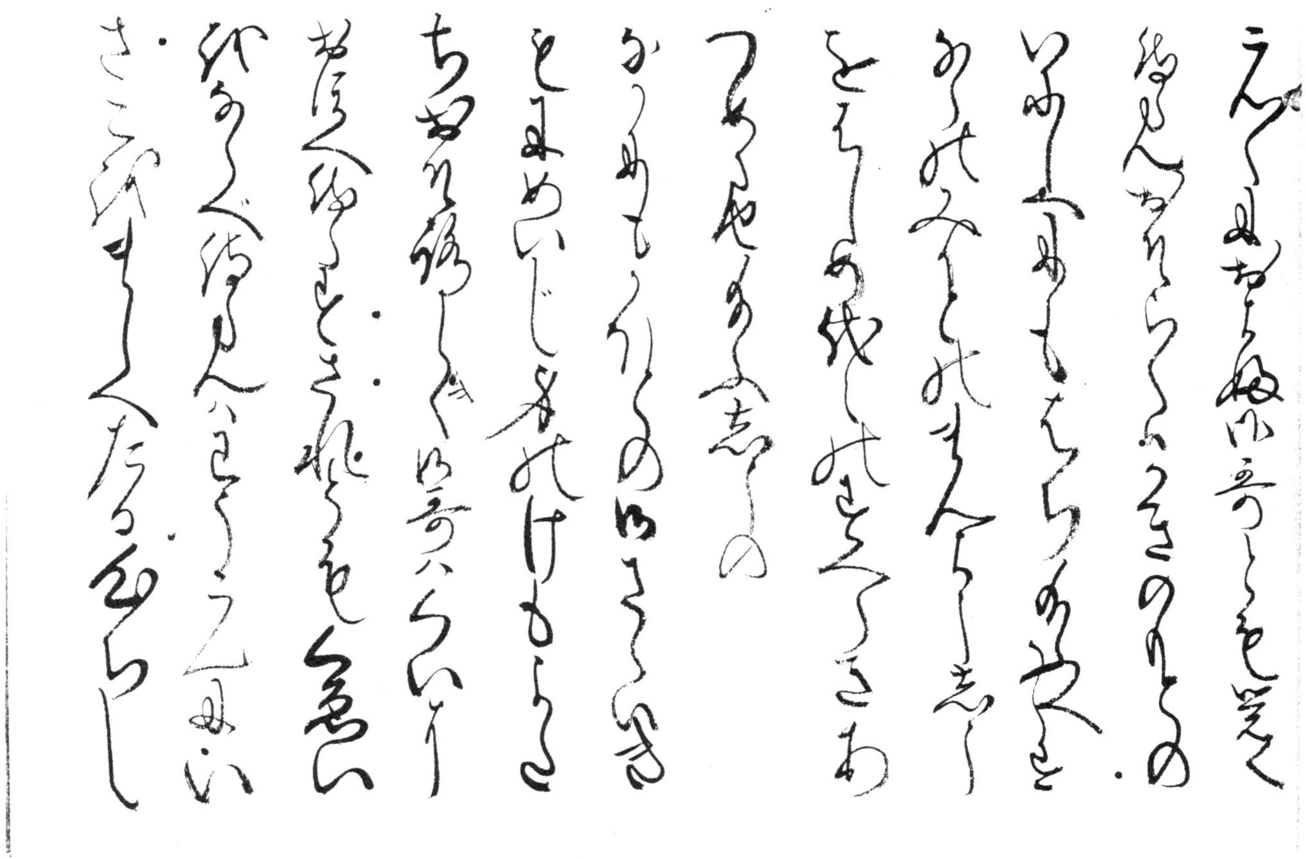

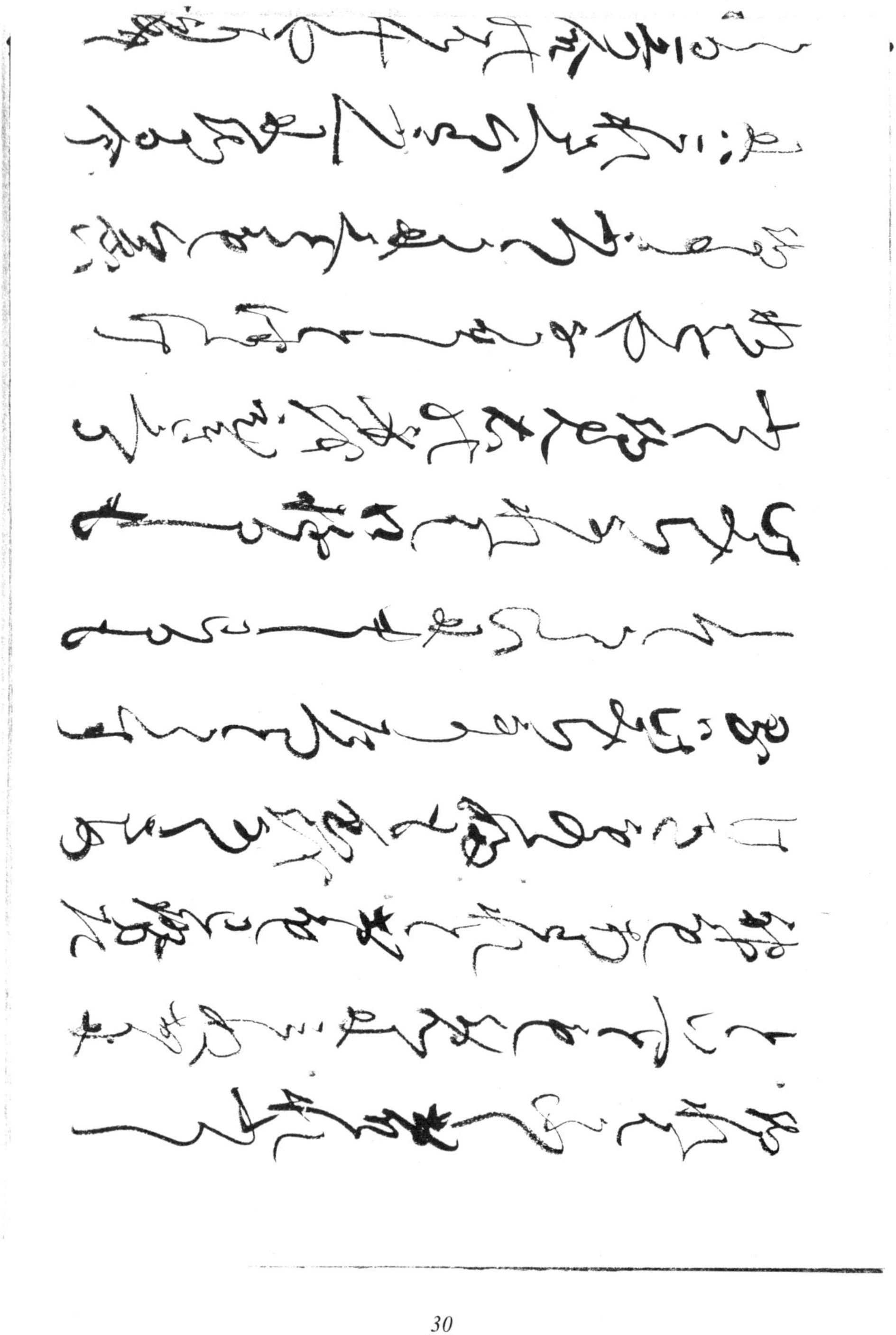

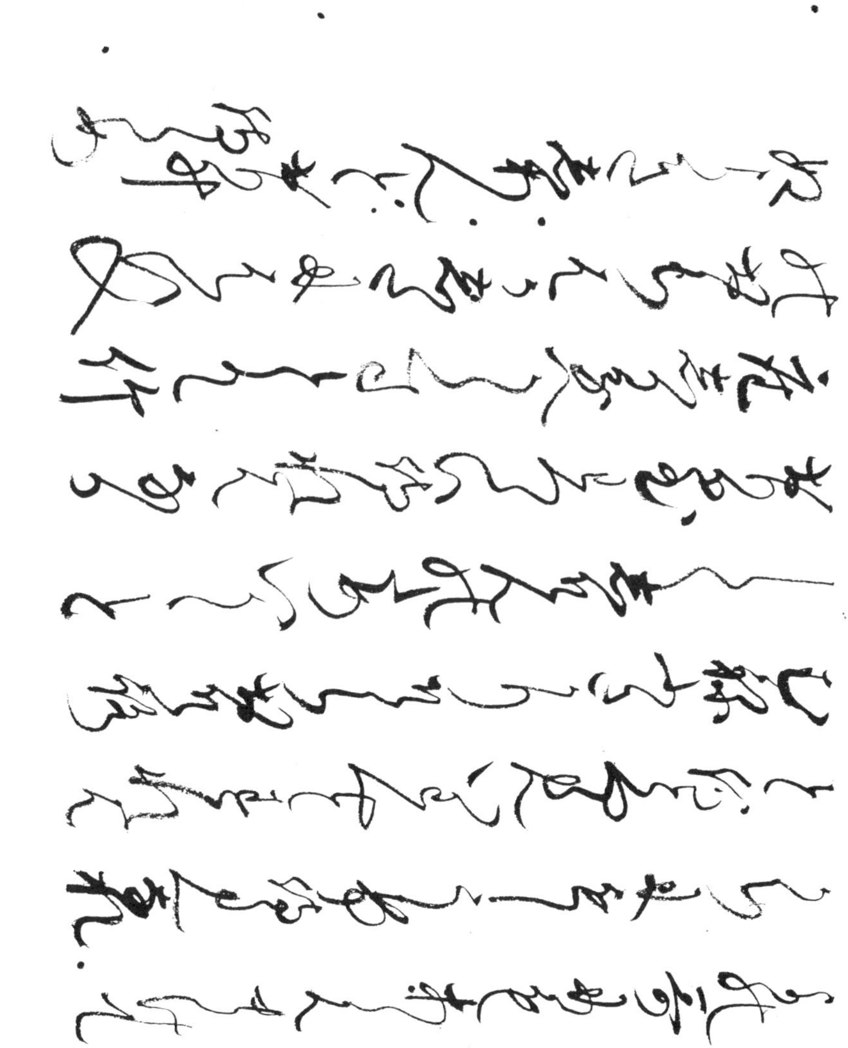

解題

『虫の歌合』は、『四生の歌合』の一部として、『室町時代物語類現存本簡明目録』等の御伽草子の目録にも掲載されていたが、実際には木下長嘯子による江戸時代初期の作品とする見方が有力である。しかし、御伽草子に分類されながらも、江戸時代初期に制作された作品は、他にも多く存在していることから、本書もこの叢書に入れることにした。本書は、『四生の歌合』の古活字版が有名であるが、江戸時代の写本も多く存在し、さらには、類本も多く現存している。本書の内容は、以下の通り。

神無月の初めの夜に、多くの虫が話すのを聞いて書き付けたのが本書である。こおろぎから始まり、話が進むと虫たちの歌合わせとなり、十五番が左右に分かれて歌われ、ひきがえるによる判が加わった。

以下に、本書の書誌を簡単に記す。

所蔵、架蔵
形態、写本、袋綴、一冊
時代、［江戸中期］写
寸法、縦一四・七糎、横二一・五糎
表紙、縹色表紙

外題、むしかせん
内題、ナシ
料紙、楮紙
行数、半葉一二行
字高、一二・七糎
丁数、墨付本文、一五丁

室町物語影印叢刊29
虫の歌合
定価は表紙に表示しています。

平成十九年九月三〇日　初版一刷発行
©編　者　石川　透
発行者　吉田栄治
印刷所エーヴィスシステムズ

発行所　㈱三弥井書店
東京都港区三田三―二―三九
振　替〇〇一九〇―八―二一一二五
電　話〇三―三四五二―八〇六九
FAX〇三―三四五六―〇三四六

ISBN978-4-8382-7060-6 C3019